세상이 맨발로 지나간다

시와정신해외시인선 _001

유봉희
시 집

세상이 맨발로 지나간다

———————

| 시와
   정신 |

시를 쓰고 시를 읽는 것
눈 뜨고 오래 눈 감는 일 중의
하나라고 생각합니다

저와 함께하여 주시는 독자들께
사랑과 고마움을 전합니다

『시와정신』 창간 15주년이 되는 2017년
해외문학을 위해 큰 문이 열렸습니다
이곳에서 한국문학을 알리고 높이는
소통의 광장이 만들어지기를 기다립니다

감사합니다

2017년 초가을
유봉희

차 례

시인의 말

___ 제1부

_____ 제4부

— 제1부

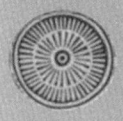

시와정신해외시인선 001

세상이 맨발로 지나간다

보고 싶다 세바람꽃*

지금 바람 불겠다 너의 계곡에
잔가지 햇살 아침 안개 헤치며
너에게로 팔 뻗겠다
천 미터 해발 높이 바람 좋아하는 세바람꽃

아득하고 아련한 것과의 대면, 너를 만나면
요즘 담담해서 미안하고
덤덤해서 죄스러운 날들에게
푸른 파도로 뛰는 가슴 보여줄 수 있겠다
한 뼘 그늘 마당에서 바장이는 내 시에게
바람 속 영근 네 향기가
정수리 한번 흔들어줄 수 있겠다
바둥거리는 큰 뿌리도 없이 나이테도 없이
빙하기를 타고 한라산과 백두산 습진 곳에
찬 뿌리 내린 내력 한 자락 풀면
바림해가는 귀향길 새롭게 만날 수 있겠다

너를 만나러
먼 여행 끝자리 다시 시작으로
한라산으로 가야지

백두산으로 가야지

* 빙하기부터 한라산과 백두산 고지에서 자생

갈매기는 아직도 그곳에서 꿈을 나른다

초겨울 해변에 는개비 휘날린다
바다는 안개 발에 갇혀 주제곡은 하얗게 잊고
추임새만 반복하는데
수백 마리 물새들은 행위예술에 들어갔는지
모래 벌에 풀로 붙인 듯 날개를 접고 있다

검은 머릿돌 바위들을 온탕처럼 품고 있는
바닷가를 누적누적 걷다가
누구는 치앙*의 소리를 들었던가
문득 물새들을 날려 올리고 싶어졌는데
몽돌 하나 집어 던지면 될 법도 하지만
돌팔매짓은 말도 안 되는 예법
바람을 일으켜 내달아볼까

염소바위 높은 벼랑 위에 갈매기 한 마리
불현듯 목 깊은 소리 꺼내어
부싯돌로 불 켜듯
12월의 하늘을 긋고 날아간다

갑자기 수묵화 한 장 공중으로 떠오른다

물새들이 만드는 머리 위 커다란 그물망 안에
세상이 들려 올라간다
파도가 달려 나와
바위 한 자락을 힘껏 물고 뛰어 오른다

* 리차드 바크 〈jonathan livingston seagull〉에 나오는 늙은 스승갈매기

잠시 부풀다

바다로 내딛은 갯벌이 달을 닮았다
갯벌 위에 낡은 배 서너 척 게으르게 누워 있다
역에서 내려 오 분 거리
외지인들은 스쳐오는 갯바람에
몸과 마음의 이음새 바람의 통로로 열어놓는다

허공에 각을 뜨며 하늘 베어 문 빌딩들
엇박자로 이어지는 장단 같아 발걸음에 걸리지만
느슨하게 마음 풀어 놓으면
곧 돌아와 차오르는 바다
땅과 하늘을 이어 놓는다

해안선을 따라 천천히 걷다 보면
드디어 만선의 배가 들어온다
사람들의 발걸음 빨라지고
산새 물새도 섞여서 제대로 바쁘다
포구의 사람들처럼
새들도 그들의 가계를 따지지 않나 보다
잠시 세상이 맨발로 지나간다

멀리 떠나지 않아도
이 달의 길목 같은 포구에서
줄 끊긴 연처럼 잠깐 부풀고 싶다

수평을 엎지르다

무심한 돌팔매질도

억지로 삼킨 낚시 배 한 척도

말문 잠그고 가라앉아 있다

오가는 것, 크고 작은 것들

두 팔 크게 열어 수평 안에 두기로 한다

그래도 때로 바람 불어

물속에 빠진 달이 달그랑거리는 밤

잠 흔드는 밤

마음 한쪽 기우뚱

그만, 수면을 엎질러 버렸을까

물가에 키 큰 물풀이 의심스럽다

수평 끝자락에서 수화가 시작된다

그늘을 밀어내다

서쪽 밤하늘에
잘 벼린 금빛 칼날

칼끝을 안으로 오므려
제 몸을 향하고 있다

한 뼘씩 자기의 그늘
다 밀어내면

끝내 칼끝 맞물려 잠그고
둥글게 금빛 차올리겠지만

오늘은 제 안에 그늘 무성한
초승달

하늘의 창

저 멀리 높이 불 밝힌 창

내 전생에 지구 밖 허공에 불 켜 놓은 창

이생에 올 때 끄는 것 잊어버렸네

밤마다 몇백 광년 달려와서 나를 일깨우지만

내세에도 진즉 잊은 듯 끄지 않을 것이네

몽돌을 읽어보다

찰랑이는 물가에서
돌들은 하나같이 둥그러지고 있었다
살아 온 내력이 같아서인지
둥글게 사는 것이 한 생의 목표인지
누가 그들의 속내를 들여다 볼 수 있을까

몽돌은 저마다 색과 무늬를 입고 있다
소금기 절은 상처가 제 무늬로 떠오르기까지
바람과 파도는 얼마나 긴 시간을 치유의 입술로 보냈을까
그 아득한 걸음 문득 엄숙해져
사열대 지나듯 돌밭을 걷다가 돌 하나 집어들었다
몸통엔 파낸 듯 알파벳 글자와 흘림 철자가
뒤 암반에는 수사슴 한 마리가
선사시대를 뛰어 넘어오고 있다

아무래도, 어느 멀고 먼 시간 넘어서
어떤 이가 보낸 메시지인 것만 같아
마음은 금방 날아오를 날갯짓으로 부풀어 오르지만
내 어리석음은 바다 깊이로 내려앉아 있고

나의 지혜는 물 위에 살얼음 같아서
건너갈 수가 없구나

돌의 둥근 모양을 감싸며 눈을 감는다
다시 파도 소리 바람 소리
먼 듯 가까운 듯

방향키를 놓아버리다

이 작은 도시는 결항을 알려왔습니다
거리에 차들이 나지막하게 등을 켜고
첫발 내딛는 송아지 걸음으로 마을로 들어섭니다
사람의 목소리는 한 옥타브 낮춰져 착하게 자근거립니다
사람들이 먹 안개 속을 걸어 나옵니다
바위의 몸이었다가 풀려나오고 있습니다
촉촉한 공기는 호흡을 순하게 하지만
일상으로 쓰던 말들이 낯을 바꿉니다
사람들은 물속의 입질을 떨림으로 알아채는
낚시꾼을 흉내내어
여물지 못한 말들을 건져올려 봅니다
하지만 어느새 안개의 습성을 배워버린 몸짓이
그들의 바다로 흘러갑니다
경계를 지우니 방황도 따뜻합니다
여기에 이르면 스며드는 것도 뼈가 되는지
오늘을 기댈 배경이 뼈 무른 안개밭이었던 게지요
방향키를 잃은 안갯발이
어디에다 우리를 부려놓을지
걱정하지 않습니다

사철 우는 뻐꾸기

언제나 뻐꾸기가 있다 그곳에 가면
뻐꾸기는 보이지 않고
뻐꾸기 울음만 있는
뻐꾸기 노래라고 하려다가
다시 울음으로 고쳐 보지만
다듬이질 잘한 울음과 노래는 한통속이다
저 맑고 푸른 뻐꾸기 소리

신호등에 파란불 켜지면
앞서 가는 뻐꾸기
호젓한 들길과 산길에
업혀도 좋고 안겨도 좋고
30초와 1분 사이
89퍼센트의 안전이 보장된다

사철 우는 저 뻐꾸기
남의 둥지에 눈치 눈감고 살아낸
속 아린 깊은 사연이
지치고 시들은 도시의 사람을

업어 나르는 사거리엔

빚 갚듯, 회향하듯

지금도 쉬지 않고 뻐꾹 뻐꾹

해국이 핀다

바다 절벽 한끝에 꽃이 되었습니다
홀로움의 무게는
발밑으로 떨어지지만
기다림의 무게는
포물선을 그리며 멀리 날아갑니다
그래서 해국이 피어있습니다

어젯밤 바다 바람 매몰차도
꽃잎에 내린 이슬
칠흑의 울음을
정갈한 한 방울로
끝내는 비단구름 씨앗으로
받아놓았습니다

한 번뿐인 눈 맞춤으로도
그대가 그곳에 있어서
또 하나의 길이 환해집니다

손 접시

그 옛날 그 누가

손을 펴서 첫사랑 되었을까

손을 펴서 꽃송이 되었을까

손을 펴서 용맹 한 점 되었을까

건너가고 건너오며

아슬한 높이로 다리를 놓았을까

그 손 접시

섬

아직
내닫지 못하고
아직
내딛지 못하고
그대와 나처럼

바라보는 간절함
천근의 무게를
물새의 날개에 달아
가라앉지도 못하는

끝없이 움직이는 정박
그대와 나처럼

바다코끼리의 꿈은 경계에서 완성한다

바다코끼리들 모래사장에 한판 잠에 쓰러졌다

바다에서 뭍으로, 다시 뭍에서 바나로
여권도 세관 검사도 없는 느슨한 경계지에
허리 풀어 놓은 잠
긴 코도 넓은 귀도 없이 바다코끼리로 불리는 그들
그들의 거주지엔 아예 S라인이란 말이 있을 리 없어
도시와 마을에서 온 사람들은 잠시 느긋해진다

1월의 찬바람으로도 식지 않는 그 무엇인가
자다가도 짧게 돋은 팔로 모래를 끼얹고
큰 몸통을 바퀴로 굴려
갈대 듬성한 모래둔덕에 다시 눕는다

열 발짝 거리로 다가가 보면
선명한 상처 자국들
지금은 쓸쓸한 바람이불을 덮고 잠에 들었지만
상처 입은 몸통은 큰 항아리
잠겼던 울음이 발효되었다가 메아리로 돌아온다

바다코끼리의 다음 계절을 보고 싶다
피 흘려 싸울 때도
이렇게 _()_
합장하는 두 손 모양을 만드는 그들
조금 멀리서 다시 바라볼 것이다

매듭

초겨울 하늘가에
아스라이 닿은 빈집
새들은 어디로 갔을까

하늘 저 높이로
어린 새들의 두근거리는 날갯짓이
서먹하고 낯선 땅에
조심스러운 첫발을 내렸겠지
우리가 그러했듯
동그마니 마음 내려져 몸을 내리던 자리
매듭 하나 놓여 있다

빈 하늘만 더듬는 요즘 내 일상의 뜰에
오늘은 풍경 소리로 네가 돌아왔다
한 가지 소리로 백 가지 말
아득하기만 하던 그 하늘
이렇게 가까이 있었구나, 이렇게 묶여 있구나

이 저녁도 바람 불어

나무 위의 새집이 조금씩 흔들리면서
더 단단히 엮어질 것을 안다
우리들의 매듭 위로
쓸쓸한 바람 사계절 불겠지만
네가 놓고 간 활주로
그리움이 가지 못하는 곳이 어디겠는가

퇴행退行 연습

바람이 야생마를 타고 질주하는 곳
배낭을 메고 지팡이를 잡았다
아스라이 넘어간 절벽 끝에
키를 세우지 못하고 납작 엎드린 들꽃들
지구별에서 만난 가장 정직한 눈 맞춤 뒤에 두고
우리는 들꽃이 될 수 없어서 지팡이에 힘을 넣는다

지팡이를 잡으면 두 손은 사라진다
무거운 머리 가는 목에 받쳐 들고
도심을 종종거리며
우리를 가혹하게 부리던 그 손

이제 솔바람이 가시엉겅퀴 머리속 길을 내면
먼 기억을 불러다가 덧칠하기
다시 네 발로 걷기
퇴행도 연습이 필요하구나

"섬마섬마"
내 어머니 나를 일으켜 세우던 소리

"섬마섬마"
저 바다와 산이 나를 일으켜 세우는 소리

— 제2부

시와정신해외시인선 001

세상이 맨발로 지나간다

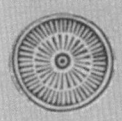

저수지를 돌아보며

장마를 헤치고 햇살 몇 가락 눈부시다
물결은 가까이 찰랑대며
마음 모서리 자꾸 베어가는데
지금은 물풀 성글게 키우며
물오리 몇 마리 띄워 한가롭다
한 날 한잔 물로 마셔버리는 몇 모금일지라도
가볍기만 한 만남이 있겠는지
저수지를 돌며 크기를 말하며
그 깊이를 어름해 보니 문득 아득하다

저 높은 시에라 산정에서
오래 발 묶인 순백의 눈이었다가
길고 긴 목크물네 강으로 흐르는 동안
한낮에는 빙어 떼들의 간지러운 입질
밤에는 찬바람 속 소름 돋는 별들의 목욕
어쩌면 그 옛날 금 캐던 사람들 이야기도 하면서
여기까지 멀고 먼 걸음 문득 아득하다

그들이라고 가위 눌린 잠이 없었을까

달보드레한 한 가지 노래로 여기까지 왔을까
저수지 위에 지나가는 바람이 읽다 놓친
그들의 내력이 주름 접혀 있다
물풀의 나직한 춤사위의 그늘이며
메아리가 되지 못하는 물오리의 울음도
아주 모르지만 않을 듯
오늘에 닿아서 조금 보인다

들녘에 서다

들녘에 바람 분다
일렁이고 출렁이며
온 들녘에 들풀의 춤이다

모자를 날려 버리고
덧옷을 벗겨 가는 바람에게
맞서보는 일은 어리석다
들풀은 온 몸을 바람에 풀어 놓아
꺾이지 않는다

들녘에 바람 분다
큰 바다를 너울거리게 하던
의미 이전의 몸짓이다
빙산의 흔적을 더듬던
말 이전의 소리다

그 바람 들녘에 돌아왔다
저기 산그늘 후미진 곳
다리 접고 내 뒷모습 바라보고 있는

여리고 쓸쓸한 것들을 불러
함께 출렁이고 싶다

맷돌

이끼 낀 지붕 아래 웃자란 잡초 마당
그 섬돌 옆 덩그마니 맷돌 한 짝
니비 날개에서 풀려난 바람이
맷돌의 옆구리 넌지시 쓸어보지만
어처구니없는 맷돌 돌리기
가당치도 않다

맷돌은 한 마음 간절히
섬돌에 떨어지는 낙숫물 화두 삼아
한 덩이 무심한 돌로 돌아가려는데
휘영청 떠오르는 얼굴들
싸락눈 뿌리는 저녁엔
비릿한 콩내음 둥근 식탁 웃음소리
맷돌은 제 무게가 다시 무겁다

저기 바다, 우리가 사는
아직도 동화책장을 넘기며
그 맷돌 소금 쏟아내며 돌아돌아 간다
'멈추어라' 그 말 잃어버린 우리들

짜고 쓴 바다에서 숨 넘어간다

맷돌이 다시 돌로 돌아가는 길
소금 바다에서 옛집으로 가는 일
어처구니없는 맷돌 돌리기
그런 것인지

씨

한철 새 울음으로
돋을새김하는 손 바쁜 씨앗 속

바라기창 열어 놓고
뒤채는 여덟 폭 치마

모든 희망은 등 뒤에 두려움을 진다
그러나 깨져야 씨앗이다

앗!

언제나 U

Q의 옆자리는 언제나 U
Quiz quest quack question
이별도 없이 사별도 없이

언제나 U
quick quiet quarrel quitter
이혼도 없이 졸혼도 없이

언제나 U
queen queer quality quench
강산이 열 번이 바뀌어도

느닷없이

한방 맞았다
저 하얀 웃음
웃음도 총알이 되는구나

오후 4시와 5시 사이
늘어진 프리웨이
길가 잡초 덤불 안에서
손 흔들어대는
이름 모를 하얀 풀꽃

어제 밤비로 목 좀 축이고
몇 가락 아침햇살로 얼굴도 씻고
이제 기운 차렸다고
이제 살만하다고
새하얀 웃음 날려 보낸다

한방 충격
나이 많은 내 엄살이
한방 맞았다

고요의 온음표

어머니의 그림
꽃잎 위
이슬

고요의 깊은 안쪽
손닿지 않는

어머니 젖은 날개
접는 날
눈가에 이슬

세상을 다 덮은
고요의
온음표

한잔 권하다

새끼 곰바위 오르는 길목
바위틈을 비집고 작은 소나무
하필이면 이런 곳에
말할 뻔했다

누구라도 한걸음 폭으로 넘기 어려운 곳
허공을 거스르며 기우뚱 가지를 뻗고 있다
지팡이 손잡이처럼 반들거리는
생소나무 팔
가지 끝에 푸른 솔 몇 가락이
아직도 살아 있다고 말하고 있었지만
얼마나 많은 손들 잡아 끌어주었으면
저리 되었을까

가던 길 백팩을 풀어
그에게 한잔 권했다
어느 품계 높은 적송의 이 후손 앞에

어렵지 않다

토마토 껍질 벗기기
쉽지 않지만
끓는 물 한잔 컵에
이마에 살짝 십자를 그은 토마토
(칼로 긋는 성호도 있던가)
일 분쯤 기다렸다가
손끝으로 살짝 베껴보면
보드랍고 달달한 토마토 속살

모든 것의 속살은 부드럽다
그대의 옹고집도
그네들의 아집도
조금 두꺼운 껍질일 뿐
속살은 달달하다

따끈한 찻물 한 잔에
마음을 담아내면
마음만 먹으면 어렵지 않다

물고기가 마신 위스키

그때 그 오라버니
겨우 한 모금 마신 위스키 병을
태평양에 통째로 쏟아붓던 그날

해 넘어가는 바다에 낚싯대를 던져 놓고
갯바위에 앉아 멀리 배 한 척 눈 흘기고 있을 때
갑자기 정복을 차려 입은 한 남자가
옆자리 위스키 병을 가리키더란다.
"벌금을 내겠어요, 아니면 바다에 쏟아 붓겠어요"*

아까워서 어찌 했을까 우리 육촌 오라버니
그래도 지나가던 물고기 한 마리
때맞추어 마신 위스키
우럭 한 마리, 묵직하게 낚싯대에 매어달리더란다

그 오라버니, 원투낚시 멀리 던지던 버릇으로
큰 바다 건너 여기까지 흘러왔을 터인데
지금도 우럭 한 마리의 무게로 두 발을 딛고 있을까

갈매기 울음 듣지 못하면

가슴 막혀 미칠 것 같다던 젊은 한때 뱃사람 오라비
오늘은 어느 바닷가에서 바람과 한잔 나누며
파도가 소고채 들고 갈매기 추임새 넣는
청춘가 한 자락 날리고 있으려나

* 도수 높은 주류를 바닷가에서 마시는 것은 위법

슈퍼 문

– 2016. 11. 14

슈퍼 문이 68년 만에 돌아오는 밤
사람들이 밖으로 나와
먼 바다 건너에 쓰나미가
닥칠 것이라 수군거리며
어스름 밤을 서성이는데
마주 보며 오던 달은
구름 의자에 앉아버린다

깊은 숲 깊은 골을 지나
망망 대하의 저 달
말 못할 그의 격랑 한 자락을
펴 본들 어찌할까
보름달 밝음으로도 건널 수 없는
다리 아픈 밤이 있을 것이지
나도 아늑한 무릎 의자를 떠난 후
구름 의자에 기대어 본 적 있다

지금은 그렁거리는 저 달과
밤이슬을 밟을 일은 아니어서

약속 하나 밤알이를 매둔다

훗날 남은 이들과
환한 얼굴로 마주해 주기를

반달을 누가 보았을까

저 반달을 누가 처음 만났을까
루시 할머니가 보았을까
두발 걷기 처음 ㄱ 누가
무거운 머리 들어 올릴 때였을까

반쪽 달을 천천히 보다가
찬찬히 살피다가
드디어 잡아온 사냥감을 나누고
채집한 과일을 쪼갤 줄 알았을까

하나를 나누어서 둘, 너와 내가
너와 내가 합해서 하나, 우리가 되는
루시가 반달을 보고
처음으로 머리와 마음이 합해진 공식

계수나무 베어지고
토끼 한 마리 뛰어 나갈 때까지
달을 이고 살았어도
어려운 그 일

방울 당나귀를 타고

누가 안전핀을 뽑았나

백만 송이 꽃망울 터진다
송화 가루 공중 폭격이다
눈멀겠다
마음멀겠다

봄은 안전 밖
지휘관 없는 전쟁터
위험한 계절

숨을까 달아날까
내 방울 당나귀는 어디로 갔나

백 번째 이름

떨어지는 물방울
솟아나는 샛물

고여서 호수
흘러서 냇물

여기서 강이었다가
저기서 바다이었다가

다시 구름이었다가
물이었다가

이제 찻잔에 한 모금
마지막 향 올리고
오롯이 색을 우리는

물의 백 번째 이름
마주 앉은
차 한 잔

별 노래

첫새벽 우물 속
밤샘한 별 송이들
두레박 하나 가득

목울대 지나
찰랑찰랑
노래 되어 나오면

아침 출근길
싸묵싸묵
천근다리 앞서거든
초롱초롱 따라갔다가

한나절에 자꾸 눈 감기는
내 책상머리로 와 주었으면

— 제3부

시와정신해외시인선 001

세상이 맨발로 지나간다

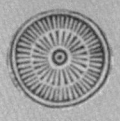

빗방울의 날개

빗방울 떨어진다
호수 위에 날개를 편다
동그라미를 친다

남에게도 나에게도 아끼던
동그라미를
빗방울이 제 날개를 펴 만든다

산 넘고 들을 건너 온 물방울이
그래도 세상은 백 점짜리라고
너에게도 백 점을 주고 싶다고

자꾸 동그라미를 그리며
호수를 건너간다
세상을 건너간다

아름다운 항복

소리도 치지 않고
발소리도 없이

계단을 올라 책장을 넘어
셀 수 없는 숫자로 몸 불려
온 집안을 점령

부활절 아침에
친구가 놓고 간 백합 몇 송이
필까 말까 얼마를 망설이더니
드디어 향기의 공격

향기가 무기가 되는 줄
오늘에야 알았다
순백의 실탄을 맞았으니
하얗게 다시 살아났겠다

거미와 금강산

허공을 마름질해 집 한 채 튼튼하다
부채 살 햇살 한 켜 온누리 금밭
사냥터에 은구슬 금구슬 곱고 고와라
이슬이나 먹고 살라지 바람이나 마시라 하지

머뭇거리던 거미가 아침이슬 털어낸다
청비바리 같은 은구슬 금구슬 떨어진다
금강산도 식후경 사랑도 식후경
이슬이나 먹고 살라지 바람이나 마시라 하지

드럼스틱

꽃삽을 들고
세 살짜리 아기가
엄마 따라 뒷마당으로

어제 밤비로 촉촉한 텃밭에
상추 고추 심고
파프리카 오이 모종도 심는다

아기가 흙 묻은 꽃삽을 들고
'엄마, 드럼스틱나무도 심자'
'아'
목에 걸려 나오지 못하는 대답

드럼스틱과 치킨의 관계를
어떻게 설명할까
저 맑고 빛나는 눈에
(엄마 노릇 하기 싫다)

* 드럼스틱(Drum Stick) : 닭다리

다시 들리는 그녀

탑돌이 하는 한 여인
비 쏟아 내리는 경내에서
소리쳐 부처님을

합장한 손은
성난 파도를 타는 돛배
그 파도 한 자락 나에게 밀려왔다
그녀의 가슴에서 꺼낸
생피 묻은 절규

약속 시간이 남아 잠깐 들러본 절 뜰에서
돌팔매질 같은 그녀의 절규를 맞고
'들어 주소서'
나도 모르게 손을 모았는데
통신망을 갖고 있는 모든 신들에게
SOS를 보냈는데

지금 다시
창문을 후려치는 그 빗줄기

세상 가득한 그 절규
'들어 주소서'

현주소

바람의 고향을

구름이 출생지를

나의 주소를

묻는다면

우리는 삼형제

달 하나 징검돌 놓고

은하수 건너가는

당분간

푸른 별

별의 손

밤 2시와 3시 사이 어둠으로
그렇게 캄캄했다
여행길에 지갑을 잃고
우습다 내 안도 내 밖도 아닌 것이
내 전부라니
이름도 없는 나는
고장난 나침반 위
그저 53kg 몸무게

하늘을 올려다본다
땅을 더듬어야 할 이 시간에
별들이 모여 온다
별똥별 떨어진다
아픈 지상을 향한 별의 손짓이다
상처 난 곳에 우리 손 자꾸 가듯
별이 손을 뻗어온다

따뜻하다
하늘 별 밭에서
불러 주는 나의 이름

아침 목련

찬바람 속
옹이 입술 깨물더니
눈 감고 눈 뜨는 일
달빛으로 옷을 짓고
바다 향을 담았다

놀라워라 그대의 몸짓노래
층계도 없이 깊이 내려
윗바람 잊고
눈 뜨고 오래 눈 감는 일

금줄을 치다

창문 앞 화분에 물 주다가
보아버린 작은 새집

그만 알아버린 새 둥지 안에
빨간 새 새끼 세 마리

놀라서 날아간 엄지만한 어미 새
맥박 짚듯 숨어서 기다리다가
엄지만한 무릅쓰고 귀가

하필이면 여기에
말하지 말기

창문 앞 화분들
목말라도 참겠다고
사람 식구들
말소리 조용조용
발걸음도 조심조심

버드나무

몸통 듬직한 길가에 버드나무
실바람에도 체통 없이 손 흔들어대는 것
좀 무엇히디
제 나이도 잊고 생머리 휘날리며
어딘가로 떠나겠다고 길목 지키는 것
좀 무엇하다

옛날 우물가에 버드나무는
잎 몇 개로 왕비를 만들었다는데
천안 삼거리 버드나무는
지팡이에 잎을 피웠다는데
요즘엔 버드나무로 약을 만들어
집집마다 상비약이 되었다는데

밤마다 아스피린 한 알을 삼키는
버드나무 유씨 그녀는
피붙이의 수액을 받아
아침이면 바람 불지 않아도
버들잎으로 흔들린다는데
좀 무엇하다

소금은 달다

쏠트렉시티로 가는 항공기가
해발 9400 feet Mt Powder를 지나며 고도를 낮춘다
눈 덮인 산이 내려다보인다

그때 앞자리에 있던 남편이 아내에게 일러주는 말
'저 밑에 소금 좀 봐, 저게 다 소금이여'
'어유, 굉장하네유' 아내가 고개를 끄덕인다.
어느 누가 소금이 아니고 눈이라고 찬물 뿌릴 수 있겠나
누에고치 안처럼 달달한 그들을 깨부술 수 있나

쏠트렉시티이면 소금으로 덮여야지 왜 눈인가
비행기도 그렇다고 끄덕거린다

고양이

새끼 고양이가 둥근 벽시계 앞에 앉아 있다
초침 따라 쫓아가는 고양이의 눈
눈 마주칠 때마나 소리 지르며 도망가는 저것은
장난감인가 한번 먹어본 멸치인가
밖으로 도망도 못가고 한자리 뱅글거리는 저것을
잡아다가 주인께 자랑해야지
발톱까지 뽑고 앞발을 올려 초침을 잡으려다 힘만 빼고
의자 위에 털실타래로 낮잠에 잡혔다

서로의 배경

오후에 소나기 온다기에
뒷뜰에서 망설이다 꺾어 온 장미

처음으로 내 차지
한 마리 꿀벌처럼
취해 볼까 하는데

까만 컴퓨터 화면과
장미 송이가
부싯돌로 부딪쳐
화들짝 붉은 불을 켠다

꺾인 장미
꺼진 컴퓨터
더욱 깊어지며
더욱 붉어지며
서로의 완전한 배경이 되었다

한 발짝 물러서서
그들 바라보기

수선화 봄비

빈방에
고개 숙인 수선화

지나던 봄비
창문 두드리다가
그 옆에 무릎 괴였네

그 마음 어루만지려
연사흘 떠나지 못하는데

떠나라고
괜찮다고
주고받는 말
주르륵 쌓여

창밖에 빗줄기
굵어만 지네

— 제4부

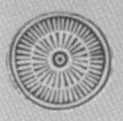

12월

12월은 마지막 토요일을 넘어가고
오늘 하루도 무사히
차고엔 안심이 신발 벗어 놓았디

창밖으로 샛노란 개나리 꽃
화들짝 놀란 봄 개나리

드디어 음주 운전이 집 마당까지
곤드레만드레, 지~ 구~ 가~

어제 신문엔 북해를 떠도는
한 덩이 얼음 위에 새끼 곰 가족
아침 뉴스엔 바닷물이 집으로 차올라
길 떠나는 알래스카 섬마을 사람들

곤드레만드레, 누가 뿌린 씨앗인지
곤드레만드레, 누가 거둔 열매인지

12월의 샛노란 개나리꽃 입에 물고
새까만 기름 때 뒤집어 쓴 갈매기가
따라온다

펴지 못한 날개 뒤뚱거리며
그날 이후 떠나지 못한다

발자국, 저 검은 발자국

고개를 끄덕이다
– 유제경 화백에게

인천 공항을 빠져나와 서울에 볼일은 며칠 뒤로 미뤄놓고
영종도에 있다는 행복마을로 핸들을 돌렸습니다

추수 끝난 논밭 옆으로 야산을 지나며 길은 좁아지는데
이리 저리 길이 몸을 틀 때마다
과속방지턱을 놓아두고 있었습니다
행복을 만나러 가려면 과속은 금물인가요
방지턱을 넘을 때마다 그 말에 고개를 끄덕이었습니다
벌써 마을은 발밤바밤 어둠 속으로
행복도 익으려면 숙면이 필요하겠지요

마을은 아직 바다안개를 덮고 꿈길이지만
옷깃을 여미며 이른 아침을 나섰습니다
갑자기 길 건너 해묵은 풀숲에서
수많은 새들이 매김소리로 떠오릅니다
때맞추어 터지는 태양, 금빛 날갯짓
온 누리에 받음소리가 반짝입니다

행복이 지천입니다

가장 빛나는 행복, 그대 몫으로
내 몫으로 그대 행복의 옆가지 하나 점찍어 두었습니다

소금 꽃

파도의

천년울음

끝자리

한번은 꽃이다

느낌표

칠흑 밤하늘
금빛 칼금
별똥별

! 날아온다

세상으로 내리는
정의일까
결론일까

눈 소식

서성이는 바람 소리
또 계절이 바뀌었나 보다
눈 소식 전하던 네 목소리 이제 들리지 않아
빈 하늘 깊어만 간다

꿈속에 설핏 비치고 소식 없는 친구야
낯선 그곳, 걱정되었다
은행 가서도 절절매고
시장에서도 잘도 속아주던 친구
그곳은 너처럼 모질지 못한 이들도
지낼 만한가
우리처럼 어리숙한 이들도
견딜 만한 곳인가

서울에 눈이 내리겠지
혜화동 건널목에서
인사동 화랑 앞에서
나 만나러 네가 바삐 오고 있다

간이역

거사리에서는 객들이 주인이 된다

이 산골 저 산골에서 완행열차를 타고 흘러온 여행객들이
물고기도 키우고 물풀도 키우며
그들의 물의 집을 만들고 있다

저수지를 거사리*라고 부르면 안 될까
이 세상의 모든 이름은
간이역이란 또 하나의 이름을 공유한다

* 거사리 : 간이역(함경북도의 방언)

두 가지 답

아직 바위 턱이 남아있다
땀을 닦고 등산화를 다시 매고
정상의 거리를 눈으로 재어 본다

하필이면 여기에
발아래 눈을 꼬집듯
바위틈 비집고 샛노란 꽃
얼마나 버텨 줄까
마음 끈이 자꾸 당겨지지만 그냥 돌아서는데
물통을 꽃 뿌리에 쏟는 딸아이
나는 물 대신 아이에게 벌컥 화를 쏟았다

그곳엔 언제나 한 가지 정답
빨간 연필로 동그라미를 그린 시험지
누구라도 고개 끄덕거리는

시간표 없이 엉거주춤 내린 이곳
어리둥절한 시험지가 널려 있다
어디에다 동그라미를 쳐야 할지
마음 자꾸 켕기는 오늘

똑바로

아기가 동글게 웃음보를 터트린다
"똑바로"란 말에
무엇이 그리 우스울까
무엇이 그리 좋을까

그래 아가야
똑바로 말하자면
삐딱한 지구 공 위에
똑바로 선 것은 아예 없을지 모르지
그래도 네가 그리 자꾸 웃으니
지구가 23.5도 어깨를 기우뚱
신나게 세상을 업고 가겠구나
"똑바로"란 말이 말을 타는구나

그래 아가야
아기의 말은 태초에서 왔으니
"똑바로!"
세상에 호령을 하렴
까르르 까르르 너의 웃음으로 세상을 돌려 보렴

사람들도 '똑바로'란 말을 타고
지구팽이를 돌리며 우주로 날아가겠구나

싹이 났다

부엌 창틀에 기대어 앉아
한 치 두 치로 뻗어 오르는
양말(sock)도 아니고 간식(sock)도 아니어서
무엇이라 이름할까

캄캄한 그대의 무관심 속
먹지도 버리지도 못하는
그대가 엉거주춤 굼뜬 사이

밤낮을 수돗물 소리에 얹어 놓고
구상과 비구상 사이 한 뼘을
파랗게 키우는 그대

그대는 싹인가, 독인가

* sock : 양말   sock : 간식(학생 속어)

레드우드 숲에서 그들의 가훈을 읽어보다
- 버클리문학 산행에서 2013년 10월

올려다보면 싱그러운 푸른 물결
어떻게 30층 높이로 물길을 올려
푸른 잎을 피워냈는지
눈 감고 땅 속 더듬어 올린 물 몇 모금
하늘 높이서 받아온 한 줌의 햇살이
구석구석 외진 방까지 도달하는
그들의 연결고리가 참으로 빛난다
사람의 동네에서는 홀어머니의 주검이
한 달 후에 발견되었다는 오늘 방송

마지막 빙하기 무렵부터 이곳에 터를 잡았다는 그들
그래서 예수를 석가를 지켜본 나무도 있으려니
새끼손가락 같은 나는 인사를 드려야겠다
이 숲 속에 수령 나무는
몸통 속을 둥글려 방을 만들어 놓고
우리 일행 열 명을 받아들였다
어느 전생 한때 사냥 길
큰비를 피해 한낮 밤을 지샜을 이곳에
우리는 어깨를 붙이고 팔을 둘러
다시 함께 모였다

레드우드 친족들이 함께 사는 숲 마을에 와서
그들의 큰 조상 방에 안내되어
대대로 간직하고 새겨 사는 가훈을 읽어 보았다

블루베리 한 알

봄 자락이 막 뒷문을 빠져나가면
딸아이가 심어 놓은 나무에는
한 소쿠리 넘게 블루베리가 먹음직하다
그러나 어떤 손님이 먼저 다녀가셨다
물증은 없지만 심증이 가는 그 손님
앞마당 뒷마당 열매가 탐스럽게 익어 가면
다 먹지도 못하면서 일 년 농사를 패대기치는 그 손님 놈
아인슈타인의 상대성 원리도 심증이 먼저였다지만
도둑을 잡으려면 물증이 필요하다
그때 아침 물 햇살로 웃는 딸아이 손에
흑진주 블루베리 한 알
반으로 쪼개어 서로 먹이려고 소란스런 식구들
한 알의 따뜻함을 놓고 간 괜찮은 손님
물증 없는 심증은 별 볼 일 없다고
슬쩍 넘어가는 한낮

뒤뜰에 황진이

봄비가
간지럽다
이슬비 연사흘
입 봉한
자물통 목련나무에

세상 누구도
저 간지럼 참아낼 자 없다
며칠 후면 목젖 드러내고
한 가락 출렁거릴 자목련나무

아직은 입 꼬리만 살짝 올라갔다
보는 이 눈꼬리는 한 치 내려왔겠다

— **제5부**
자선 번역시

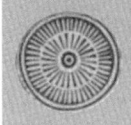

시와정신해외시인선 001
세상이 맨발로 지나간다

A LAKE IN A FOOTPRINT

In the pouring rain a couple of days ago
who in what mind must have
walked on this corner of the hill?
The sky sat in the footprint filled with water
the round sky in a small puddle
even a cloud floats by gently.
Next to the smallest lake in the world
I left the path of my journey.

I too in my walking daily in this mundane life
wish to make a lake.
For a lonely heart with no place to attach itself
or for a solitary you,
I wish to be set down as a small lake in a footprint.
In your moment's crouching down from the weight
of your day,
you will discover an occasional water beetle
crossing it,
on a windy night, in the shower of stars
baby stars will play, whispering,

quietly leaving a stargazer filled with hope and dreams.

Translation by Kyung-Nyun Kim Richards©2017

발자국 호수

억수로 비 쏟던 엊그제
어느 누가 어떤 마음으로
이 언덕 모퉁이를 걸어갔을까요
물 고인 발자국 안에 내려앉은 하늘
작은 웅덩이에 동그만 하늘
구름도 산드르 떠 있습니다
세상에서 제일 작은 호숫가에서
그만 가던 길을 놓아 버렸습니다

나도 일상을 성큼성큼 걸어가다가
작은 호수 하나 만들고 싶습니다.
붙일 곳 없는 어떤 쓸쓸한 마음에게
혹은 적적한 당신에게
작은 발자국 호수로 놓여
지질린 낮에 잠깐 옹크리고 앉으면
어쩌다가는 물방개 한 마리 건너오고
바람 부는 밤, 별 소나기 쏟아질 때는
아기별들 소곤소곤 놀다가
별바래기 하나 가만히 놓고 가는 호수
(3시집, 잠깐 시간의 발을 보았다)

Morning Glory

Shocking pink flowers burst open with a bang
Green, bright green leaves take bold steps
Morning glories within reach
Climb high at July's peak

The path they followed ends
Their feet unravel in midair
No resting place
No ladders in this deep abyss
The floundering hands of those morning glories
Sway as they might
Must not be attempts at dancing
Cannot be a dance

How did they realize overnight
Who showed them the way
The void has grasped hands
With the void
They open the path at the edge of the cliff
Place a creossing bridge outside the guardrail

Ah, the morning glory of July

Translation by Robyn Hwang

나팔꽃

진분홍 꽃주먹 날리며
초록, 진초록 잎 창창 딛고
내닫던 나팔꽃
칠월의 정수리로 올랐다

문득 가던 길 끊어지고
공중에 발이 풀렸다
받침대도 없고
사다리도 없는 깊은 나락
허우적거리는 저 나팔꽃의 손들
저리 너울대도
노랫가락일 수는 없겠다
춤일 수는 없다

한밤 사이 어찌 깨달았을까
누가 가르쳐주었을까
허공과 허공이
서로의 손을 잡았다
절벽 끝에서 길을 여는
난간 밖으로 징검다리를 놓는

하, 칠월의 나팔꽃

(3시집, 잠깐 시간의 발을 보았다)

私の星に行く

今宵´空はRocky山脈の中腹に降りている
そこには手の大きな方がおられるのだろうか
きれいに洗った　明るい星や
大きな星が一緒に来た
あの中の私の星は　私を覚えているだろうか
この世の埃にすっかりまみれた私を
見抜くだろうか

その星も私に似てただ独り
私が夜道で冷たい露にぬれていた時
暗い芒芒とした空を冷え冷えとさすらった星
私たちは仲良しどうし´孤独の寂しさを
推しはかって　いるだろう

チャリン´水晶が触れ合う音
あっ´私もひと時は星だったかも
Rocky山脈の頂上に住んでいた
清く青い星だったかも

走り去っていった　時間が

Rocky山脈の頂に氷点となり座っている夜
私たちがこぼした話の幾筋かが
藍い湖に流れおちている

＊日本語譯：申美植

내 별에게 가다

오늘밤 하늘이 록키산 중턱으로 내려왔다
그 곳엔 손 큰 이가 있는지
문질러 씻은 밝은 별
알 굵은 별들이 함께 왔다
저 속에 내 별 있어 나를 알아보려나
세상 먼지 찐득한 나를 알아보려나

그러나 그도 나를 닮아 외톨이로
내가 밤길을 찬이슬로 젖을 때
어두운 망망 하늘을 차갑게 떠돌았을 그 별
우리는 짝꿍 외톨이의 매캐한 쓸쓸함
알아차릴 것이다

쩨그렁, 수정 부딪는 소리
아. 나도 한때는 별이었었나 보다
록키산 위에 살던
맑고 푸른 별이었었나 보다

달려가던 시간이
록키산 위에 빙점으로 앉아있는 밤

우리가 흘린 이야기 몇 가락이
파랗게 호수로 흘러들고 있다

(2시집, 몇 만년의 걸음)

同伴者

山に登る途中に岩に出会った
ザイルもなしに登らねばならない岩
可能と不可能とを暫し考える
通らねばならないことだから´´
可能に丸を描く
岩を目で探る
彼の隙間と傷が見える
隙間の大きさと傷の深さを
心に刻む
初めは慎ましく´´ 後は確かに
彼の隙間に手を入れる
岩の指紋と私の指紋が混じり合う
全身を彼の傷に当てる
彼の脈打つ音が聞こえる
彼の隙間や傷を私のものとして抱く
二体が一つになる心
急な道を通り過ぎて行く..

* 日本語譯：高貞愛

동반자

산을 오르다 바위를 만났다
자일도 없이 올라야 하는 바위
가능과 불가능을 잠시 생각한다
통과해야 하는 길이므로
가능에다 동그라미를 친다

바위를 눈으로 더듬는다
그의 빈틈과 상처가 보인다
빈틈의 크기와 상처의 깊이를
마음에 새긴다
처음엔 조심스럽게, 나중엔 확실하게
그의 틈에 손을 넣는다

바위의 지문과 내 지문이 섞인다
온몸을 그의 상처에 댄다
그의 심장소리가 들린다
그의 틈과 상처를 내 것으로 품는다
두 몸이 하나가 된 마음

가파른 길을 통과해 간다

(1시집, 소금 화석)

나에게 시란 무엇인가

유봉희

시 창작은 소통행위(疏通行爲)이다. 시인은 시적 대상과 대화하고, 독자는 시인의 심미적 인식인 시를 읽을 것이다. 따라서 시쓰기는 시인의 표현 욕구의 소산이기도 하지만, 대상 세계에 대한 인식을 독자와 함께 공유할 수 있기를 희망하는 것이라 하겠다.

독자들이 시집의 울타리 안에 함께 머물며 일상의 번잡함과 산문성에서 잠시 벗어나 세계의 다른 형상을 느끼고 통찰했으면 하는 작은 바람이 자리한다. 서정시는 시적 대상에 대한 시인의 감각적이며 주관적 인상을 바탕으로 표현되는 특징이겠지만, 그것을 독자와 함께 공감하고 나누고 싶은 마음이 시 쓰기에 힘이 될 것이다.

나는 시를 창작한다는 말 대신 시를 만난다는 표현을 좋아한다. 이미 존재하고 있었으나 모습을 드러내지 않던 대상들이 시인을 만나서 옷을 받아 입고 각자 제 모습을 나타낸다고 생각한다. 그들을 만나러 산과 거리를 힘들게 오가기도 하지만 때로는 그들이 먼저 찾아와 나의 창 앞에서 기다리고 있을 때도 있다. 그들의 숨결을 거스르지 않으면서 개성과 품격을 지켜주는 옷을 만들어 주고 싶다. 이를테면 나의 시 쓰기는 세상에 이미 존재하는 시에 내가 깃들어 옷을 지어 입히는 행위로 여긴다.

시를 만나는 행위가 무슨 거창한 일이라 생각하는 것은 아니지만 그렇다고 작은 것만도 아닐 것이다. 굳이 말하자면 그것은 존재의 원적(原籍) 같은 것으로 여길 수 있겠다. 그 작은 것들은 나에게 존재의 시원이나 원형 같은 것을 보여준다.

세상에는 시적인 것들이 무수히 존재한다. 작고 사소한 것처럼 보이지만 그런 것들은 자주 존재의 떨림으로 우리를 이끌고, 또 우주적 울림으로 우리의 감각을 확 열어젖힌다. 우리가 그들을 발견하거나 감각하지 못할 뿐이지, 그것들은 도처에 머물며 존재한다. 평범한 일상과 사물은 우리가 다가와서 깊은 눈으로 바라봐주기를 요구한다. 날선 칼처럼 감각은 더욱 예민하며 푸르게 벼려지고, 그들을 바라보는 내 눈은 어린 아이처럼 더욱 투명하게 밝아지기를 바란다. 낡고 때 묻은 언어가 아닌 팔딱이는 싱싱한 언어, 관념의 때를 입은 언어가 아닌 날것 그대로의 언어로 그들에게 살아 있는 옷을 만들어 입혀주고 싶다.

시를 만난다는 말은 시를 하나의 생명을 가진 존재로 인정하고 픈 나의 속내일 것이고, 또한 그에 대한 나의 믿음의 표현이기도 하다.

내면의 눈과 귀, 온 몸이 예민한 촉수가 되어 시의 씨앗을 만나고 그것을 진실하고 절실하게 키워주어야 한다는 것은 많은 시인들의 생각일 것이다. 시 쓰기의 큰 몫인 상상력이 영혼의 감각이라고 한다면 그 영혼의 감각이 닿는 시의 씨앗은 하나의 소우주를 가진 생명이 아닐까. 때로는 내가 그 생명을 찾아가 만나고, 때로는 그 생명이 내게 찾아와 만나는 일은 그지없이 행복한 일이다.

시를 쓰다 보면 처음 생각했던 의도대로 써지지 않는 경우가 있다. 엉뚱하게도 나도 모르는 사이에 처음 생각했던 것과는 다른 모습을 내놓을 때가 있다. 시가 자신의 의지를 갖고 자신이 가고 싶은 대로 가려는 길이 있다고 느껴지는 순간이다. 신기하게도 시가 하나의 살아있는 생명의 유기체로서 스스로를 형상화하고 규율한다고 느끼는 순간이다.

놀랍게도 시가 스스로를 이루는 부분과 요소들의 필연적 선택과 배열에 의한 통일적인 짜임을 지향해 나가면서 자신의 형상을 스스로 갖추어 나간다는 경험을 하게 하는 순간이다. 나는 그들의 요구대로 그에 맞는 언어의 옷을 찾아 입힐 따름이다.

이럴 때 나로서는 시란 그 자체의 고유한 의지를 가진 생명의 실체로구나 생각하는 것이다. 순간의 포착, 나는 그저 순간적으로 날아든 시의 씨앗이 발아한 생명을 받아내는 산파로구나 생각하는 것이다. 나는 그저 그 생명을 보듬고 보살피는 것이리라. 나에게 일깨웠다. 그 자체로 시적 주체인 내가 감히 침범할 수 없는 풍경의 의식 영역이고, 나는 그것을 감각할 뿐이라 생각하는 것이다.

  시집 출간마다 독자들과 평론가들이 나의 모국어 사용에 큰 관심을 보여 주었다. 이중 언어 생활자로서 모국어에 대한 나의 관심과 사랑에 대해 주목한 이들이 있어 행복했었다. 자발적 디아스포라 시인으로서 고국에서 작품 활동하는 많은 시인들의 유연하고 재치 있는 글을 대할 때마다 부럽고, 때로는 주눅이 들었던 나로서는 기쁜 일이다.

  나의 시 쓰기는 주로 새벽이거나 아침나절에 이루어진다. 충분한 휴식으로 머리가 맑아지고 정돈되었을 때를 택하려 함이다. 곧잘 지나친 감성과 혼돈의 몽상으로 치닫는 저녁과 밤 시간을 피해 보고자 하는 내 나름의 방법이다. 이국 생활 40년, 태평양을 가운데 두고 캘리포니아 연안에서 그 건너 고국을 그리며 사는 사람이니 자칫 감정의 낭비로 시적 긴장감이 느슨해지지는 않을까 하는 염려 때문이다. 나의 모국어에 대한 사랑은 뜨겁고 차가운 이중구조가 필요한 듯하다.

  오늘날 우리는 생명과 비생명의 경계가 모호해지는 경계에서 산다. 생명의 한계를 넓히는 시점에 와 있는 것이다. 이런 점이 비단 첨단 물리학이나 생물학자들만의 것이 아니라 시인들에게도 주어진 한 몫이라고 한다면 지나친 생각일까. "최악의 과학자는 예술가가 아닌 과학자이며, 최악의 예술가는 과학자가 아닌 예술가이다." 물리학자 아르망 트루소(Armand Trousseau)의 말이다. 시의 씨앗은 영혼의 감각으로 만나서 그것을 과학적인 안

목으로 키우고 다듬으면 좋은 시가 될 것 같다. 나에게 이 말은 이성과 감성의 조화로운 통합의 세계를 강조하는 것처럼 들린다. 예술을 지향하는 과학, 과학을 꿈꾸는 예술의 세계는 나의 시가 다다르고 싶은 지점이다. 분리나 배척이 아닌 통합된 사유야말로 내 시적 사유의 지향처이고 싶다.

홀륭한 조각가는 대리석 안에서 어떤 상을 미리 보고 그것이 원하는 대로 손을 움직여 작품을 탄생시키고, 유능한 정원사는 나무 앞에 서면 실제로 나무가 "여기 좀 다듬어 주세요." 하는 소리를 듣는다고 한다. 이렇듯이 이런 경지에 이르도록 끝없이 노력하는 사람만이 진정한 시인일 것이다.

그러나 그 길은 너무 아득하다. 잡힐 듯 잡히지 않고, 보일 듯 보이지 않지만 따라 가야 하는 길. 어떤 절대나 절정의 세계에 이른다는 것이 쉬운 일이겠는가. 그래도 시인은 그런 절대의 언어를 향해 나아가는 자가 아닐까.

■

아득하고 아련한 것과의 대면

김완하

　문학은 무엇인가라는 물음에 대한 답은 우리가 어떠한 상황에 놓이느냐에 따라 다를 수 있다. 그 상황 중에 하나를 해외에서 살아가는 분들의 입장으로 생각해보는 것은 문학의 의미를 일깨워주는 한 지름길이 될 것이다. 필자가 2009년 여름으로부터 1년간, 그리고 2016년 봄부터 1년간 두 번 미국 버클리대에서 연구년을 보내며 미주 지역에서 문학을 하는 분들과 함께 하며 경험한 입장에서 그것은 더 절실한 문제로 다가온다.

　바다를 항해하는 배는 해저의 깊은 곳까지 다 헤아릴 수 없을 것이다. 뿐만 아니라 바다 속에는 수많은 바다가 들어 있어 더 큰 물의 세계를 이루는 것이다. 그러니 이민자로서 미주 지역의 깊은 바다를 헤쳐 나아가며 그들 스스로의 삶에 얼마나 깊이 밀착되어 있는지 묻지 않을 수 없다. 그러므로 그 깊은 해저를 운행하는 잠수함도 어두운 바다 속을 이동하기 위해서는 나침반과 항법일지가 필요할 것이다. 바로 그 나침반과 항법일지의 하나가 문학이라 하겠다.

　2016년 봄에 필자는 두 번째 연구년으로 다시 UC 버클리를 찾았다. 2010년부터 이어오는 버클리문학강좌를 전후 반기로 나누어 버클리문학아카데미로 열었다. 주변의 교포 문인들은 바쁜 삶 가운데도 두세 시간의 거리를 달려와 특강에 참여하곤 했다. 그들은 희미해진 기억의 저장소를 뒤져 모국어의 빛을 새롭게 일구어내려 노력하였다. 이어지는 아카데미를 통해 문학적 열정이 다시 살아나고 모국어의 감각도 꽃피기 시작했다. 드디어 3명의 시인이 첫 시집을 냈다. 그들은 시를 쓴지 30년 이상이 되어서 첫 시집을 내고 뛸 듯이 기뻐하였다. 또 한국까지 달려와 『버클리문학』 출간행사에 참여한 분들의 고국과 문학 사랑은 실로 감동스럽기도 하였다. 이민의 삶 한가운데서도 문학의 엄격성과 진정성을 결코 잊지 않으려 노력하는 분들. 때로는 그 엄격성이 너무 강해 유연함이 많이 필요한 분들도 만날 수 있었다.

그 가운데 빛나는 시적 성취를 보여주며 한국문학의 새로운 가능성을 열어주는 분들도 있었다. 필자는 버클리문학을 통해서 그러한 가능성을 새로이 발견하며 우리 문학도 태생적으로 국제화에 맞물려 있다는 것을 깊이 깨닫게 되었다. 그 중에 버클리문학의 핵심 멤버이며 시적 성취를 보여주는 유봉희 시인을 만날 수 있었던 것은 필자에게 국제화를 향한 문학적 행보에 중요한 계기가 되었다.

유봉희 시인은 수원에서 출생하여 1972년에 도미하였고 현재는 샌프란시스코 부근의 월넛크릭(Walnut Creek)에 살고 있다. 2002년에는 『문학과창작』의 신인상으로 등단하여 『소금화석』(2003), 『몇 만년의 걸음』(2006), 『잠깐 시간의 발을 보았다』(2012) 등 세 권의 시집을 출간하였다. 현재 『버클리문학』 편집위원과 『미주문학』 이사를 맡고 있는데 2014년에는 한국문단으로부터 '시인들이 뽑는 시인상'을 수상하기도 하였다. 이번에 그의 제4시집은 '시와정신해외시인선' 1번을 장식하고 있다. 앞으로 이 시인선을 따라 해외 시인들이 함께 모이고, '시와정신국제화센터'의 오픈을 계기로 한국문학도 국제화를 향해 한층 더 새롭게 펼쳐나갈 것을 다짐해 본다.

유봉희 시인은 제4시집의 맨 앞에 다음의 시 「보고 싶다 세바람꽃」을 수록하고 있다. 대체적으로 시인들이 시집의 제일 앞에 수록하는 시는 선별 과정에서 고심한 결과일 것이다. 그것은 시집의 첫 장을 열어주는 역할을 하면서 동시에 독자들을 그 시집 속으로 끌어당기는 효과를 갖고 있기 때문이다. 그러므로 시집을 읽기 위해서는 제일 앞의 시를 살펴볼 필요가 있다.

지금 바람 불겠다 너의 계곡에
잔가지 햇살 아침 안개 헤치며
너에게로 팔 뻗겠다
천 미터 해발 높이 바람 좋아하는 세바람꽃*

아득하고 아련한 것과의 대면, 너를 만나면
요즘 담담해서 미안하고
덤덤해서 죄스러운 날들에게
푸른 파도로 뛰는 가슴 보여줄 수 있겠다
한 뼘 그늘 마당에서 바장이는 내 시에게
바람 속 영근 네 향기가
정수리 한번 흔들어줄 수 있겠다
바둥거리는 큰 뿌리도 없이 나이테도 없이

빙하기를 타고 한라산과 백두산 습진 곳에
찬 뿌리 내린 내력 한 자락 풀면
바림해가는 귀향길 새롭게 만날 수 있겠다

너를 만나러
먼 여행 끝자리 다시 시작으로
한라산으로 가야지
백두산으로 가야지

<small>* 빙하기부터 한라산과 백두산 고지에서 자생</small>
－「보고 싶다 세바람꽃」 전문

    이 시는 유봉희의 시집 맨 앞에 수록되어 시집 속으로 독자들을 안내하는 출구의 역할을 하고 있다. 그만큼 시인의 이 시에 대한 배려와 애정은 각별한 것이다. 또한 이 시에서 필자는 해설의 제목으로 "아득하고 아련한 것과의 대면"을 따오기도 하였다. 그러므로 이 시를 분석해봄으로써 시인에게 아득하고 아련한 것들에 대한 의미를 짚어볼 수 있을 것이다.

    이 시에서 아득하고 아련한 것은 자연과 생명의 시원으로부터 이어져 오는 순수성을 동반하고 있다. 그것은 한반도의 '한라산'과 '백두산'을 그 공간적 배경으로 하고 있는 것으로 시인의 모국에 대한 사랑과 그리움을 보여주고 있다. 이 시의 시어로 '바람', '귀향', '여행'을 통해서 시인은 자신의 정체성을 찾아가려 한다. 이 시의 중심 이미지 '세바람꽃'은 "천 미터 해발 높이 바람 좋아하는" 습성을 가지고 있다. 그것은 세속적인 가치보다는 신성하고 초월적인 세계를 지향하는 것이다. 이제 이 시집에서는 그러한 의미의 구체화가 펼쳐질 것이다.

유봉희 시인은 우리에게 무엇보다 저력이 있는 시인으로 알려져 있다. 그는 시인에게 가장 중요한 상상력과 감수성을 두루 간직하고 있다. 그의 시는 감각적이고 상상적인 측면에서 남다른 면모를 보여주기 때문이다. 또한 그의 시에 형상화된 시간과 공간의 영역은 대단히 광대하다. 뿐만 아니라 그의 시에는 리듬과 운율이 기본적으로 깔려 있다. 이러한 점들은 무엇보다 시인이 오랫동안 시에 공을 들여온 증거라고 말할 수 있는 것이다.

우선 그의 시에는 감각적인 면이 싱싱력과 질 밀물러 있다.

서쪽 밤하늘에
잘 벼린 금빛 칼날

칼끝을 안으로 오므려
제 몸을 향하고 있다

한 뼘씩 자기의 그늘
다 밀어내면

끝내 칼끝 맞물려 잠그고
둥글게 금빛 차올리겠지만

오늘은 제 안에 그늘 무성한
초승달

– 「그늘을 밀어내다」 전문

이 시에 나타나는 상상력은 날카롭다고 지적할 수 있다. 초승달을 칼끝으로 연결시키는 것은 어느 정도 보편적인 것이다. 그런데 시인은 "칼끝을 안으로 오므려/ 제 몸을 향하고 있다"고 했고, "한 뼘씩 자기의 그늘/ 다 밀어내면"이라고 하였다. 빛과 어둠의 역설적인 면으로 가장 밝은 것의 안쪽은 가장 어두운 것일 터이다. 날카로운 초승달이 안쪽으로 밀어내는 그늘로 인해서 초승달은 빛으로 차오른다는 의미이다. 칼끝을 제 몸 안쪽으로 향하여 고누면서 어둠을 밀어냄으로써 빛으로 차오르는 것이 초승달이라는 역설인 것이다. 이로써 '초승달'을 통해서도 인간사의 보편적인 삶의 깊이를 꿰뚫고 있는 것이다.

빗방울 떨어진다
호수 위에 날개를 편다
동그라미를 친다

남에게도 나에게도 아끼던
동그라미를
빗방울이 제 날개를 펴 만든다

산 넘고 들을 건너 온 물방울이
그래도 세상은 백 점짜리라고
너에게도 백 점을 주고 싶다고

자꾸 동그라미를 그리며
호수를 건너간다
세상을 건너간다

— 「빗방울의 날개」 전문

이 시에서 보여주는 시인의 상상력은 매우 역동적이다. 또한 생의 순간성을 넘어 영원한 삶의 보편성을 지향하고 있다. 빗줄기가 수직의 선을 이으며 떨어져 호수 위에 그려내는 동그라미로 시인은 생의 순환과 환원의 측면을 감각적으로 형상화하였다. 호수 위에 떨어지는 동그라미를 빗방울의 날개로 인식하는 시인의 상상력은 대단히 독특하고 직관적이다. 빗방울이 동그라미를 그리며 떨어지는 모습을 호수를 건너고 세상을 건너간다고 표현함으로써 우리 삶의 순간성을 연민의 시선으로 포착하는 것이다. 쉬지 않고 이어지는 빗줄기는 호수 면에 닿아 스러지며 순간적으로 원을 그리고 사라지는데 이는 우리의 짧은 생을 의미하기 때문이다.

지팡이를 잡으면 두 손은 사라진다
무거운 머리 가는 목에 받쳐 들고
도심을 종종거리며
우리를 가혹하게 부리던 그 손

이제 솔바람이 가시엉겅퀴 머리속 길을 내면
먼 기억을 불러다가 덧칠하기
다시 네 발로 걷기
퇴행도 연습이 필요하구나

"섬마섬마"
내 어머니 나를 일으켜 세우던 소리
"섬마섬마"
저 바다와 산이 나를 일으켜 세우는 소리

– 「퇴행退行 연습」 부분

이 시의 상상력은 문명에 찌든 우리 삶으로부터 자연으로 회구하려는 의식을 지향하고 있다. 유봉희 시인의 시에는 자주 자연과 문명의 대조적인 모습이 나타난다. 퇴행은 인간이 자연으로 돌아가는 과정이고 어린아이로 돌아가는 과정이다. 시간을 소급

해서 거슬러 올라 우리 인류가 진화를 거쳐 오늘에 이르기 전으로 돌아가는 것을 의미한다. 이를 신화적 상상력에서는 '시간의 소거(消去)'라 한다. 마지막 부분에 '섬마섬마'/ 내 어머니 나를 일으켜 세우던 소리/ '섬마섬마'/ 저 바다와 산이 나를 일으켜 세우는 소리"에는 시인의 퇴행에 대한 의지가 지배하고 있다. 네 발로 기어 다니던 때의 인간은 문명 이전의 상태를 의미한다. 그로부터 '섬마섬마'라는 어머니의 목소리는 우리를 일으켜 세웠다. 모국어의 힘을 암시하는 것이다. '섬마섬마'를 "바다와 산이 나를 일으켜 세우는 소리"라고 함으로써 자연도 우리 인간과 함께 해왔음을 암시하는 것이다.

이 시에서 확인할 수 있듯이 유봉희 시인의 시에는 시간과 공간의 규모가 대단히 크고 넓게 나타난다. 그런 점에서도 그의 시는 신화와 원형적 사유를 바탕으로 한다고 할 수 있다. 그만큼 그의 시는 인류의 보편적 심상에 깊이 닿아 있는 것이다. 이점에서 그의 시는 우리에게 친숙하게 다가오며 재미있게 읽히는 것이다.

이상에서 보았듯이 유봉희 시인의 시에는 시간과 공간의 영역이 광대하게 전개된다. 이러한 점이 다음의 시에서는 그의 상상력의 한 흐름과도 직접 연결이 되고 있다.

저 멀리 높이 불 밝힌 창

내 전생에 지구 밖 허공에 불 켜 놓은 창

이생에 올 때 끄는 것 잊어버렸네

밤마다 몇백 광년 달려와서 나를 일깨우지만

내세에도 진즉 잊은 듯 끄지 않을 것이네
– 「하늘의 창」 전문

　위의 시에서는 시간이나 공간의 영역이 거의 무한대에 이르고 있다. "저 멀리 높이", "내 전생에 지구 밖 허공", "밤마다 몇백 광년 달려와"가 그러하고, 쉼 없이 이어지는 '이생'이나 '내세' 등도 그러하다. 이러한 것은 곧 유봉희 시인의 상상력의 본질을 드러내주고 있다. 무엇보다도 그의 상상력은 현실을 초월하는 데 있다. 그것은 '하늘의 창'이라는 매우 추상적인 세계를 통해서 드러나는데, 시인은 그곳에서 남들이 보지 못하는 허공 속의 창을 엿보고 있기 때문이다. 그것은 초스피드의 시대에 신의 창을 엿보는 느림의 미학과 그 여유로 자리하는 지혜에서 비롯한다.
　아울러 그의 시에는 리듬과 운율이 튼튼하게 구축되어 있다. 그만큼 그의 시는 오랫동안 습작으로 상상력과 함께 시 형식의 토대가 단단하게 짜여 있는 것이다.

허공을 마름질해 집 한 채 튼튼하다
부채 살 햇살 한 켜 온누리 금밭
사냥터에 은구슬 금구슬 곱고 고와라
이슬이나 먹고 살라지 바람이나 마시라 하지

머뭇거리던 거미가 아침이슬 털어낸다
청비바리 같은 은구슬 금구슬 떨어진다
금강산도 식후경 사랑도 식후경
이슬이나 먹고 살라지 바람이나 마시라 하지
– 「거미와 금강산」 전문

위 시는 짧지만 이번 시집에서도 성과 있는 시로 꼽을 수 있다. 이 시에는 리듬과 운율이 확연히 드러나고 있다. 이 시는 시조의 마지막 종장을 두 개의 장으로 늘여놓은 것 같은 느낌을 갖게 한다. 주제의 무게를 의식하지 않고 자유로운 상상력과 리듬으로 연결시킨 이 시는 시를 읽는 재미를 느끼게 한다. 그만큼 시에서 율동은 중요한 것이다. 아울러 두 연의 말미에 동일하게 배치한 시구절 "이슬이나 먹고 살라지 바람이나 마시라 하지"는 이 시에 리듬을 형성해 동적인 활력을 불어넣고 있다. 이 시는 앞으로 유봉희 시인이 좀더 염두에 두어도 좋을 가능성을 보여준다.

그렇다면 유봉희 시인에게 아득하고 아련함이란 구체적으로 무엇을 가리키는 것일까. 이제는 그것을 좀더 미시적으로 확인해 보도록 하자.

찰랑이는 물가에서
돌들은 하나같이 둥그러지고 있었다
살아 온 내력이 같아서인지
둥글게 사는 것이 한 생의 목표인지
누가 그들의 속내를 들여다 볼 수 있을까

몽돌은 저마다 색과 무늬를 입고 있다
소금기 절은 상처가 제 무늬로 떠오르기까지
바람과 파도는 얼마나 긴 시간을 치유의 입술로 보냈을까
그 아득한 걸음 문득 엄숙해져
사열대 지나듯 돌밭을 걷다가 돌 하나 집어들었다
몸통엔 파낸 듯 알파벳글자와 흘림 철자가
뒤 암반에는 수사슴 한 마리가
선사시대를 뛰어 넘어오고 있다

아무래도, 어느 멀고 먼 시간 넘어서
어떤 이가 보낸 메시지인 것만 같아
마음은 금방 날아오를 날갯짓으로 부풀어 오르지만
내 어리석음은 바다 깊이로 내려앉아 있고
나의 지혜는 물 위에 살얼음 같아서
건너갈 수가 없구나

– 「몽돌을 읽어보다」 부분

이 시에는 공감각적인 표현이 나타난다. 몽돌을 '보나'라고 해야 할 것을 '읽는다'고 하였다. 보는 것은 인식하는 것이기에 가능한 것이다. 아울러 몽돌을 통해서 시각과 청각적인 면이 겹쳐지고 있다. 또한 손에 들고 만지면 촉감으로도 느껴지기에 이 시는 한 사물을 대하는 오감의 조화가 다채롭게 전해져오고 있다. 몽돌은 자연의 흐름에 동화되면서 둥글어진다. 그리고 그것은 바로 우리 삶이자 우리 생이라는 점을 강조하는 것이다.

이렇듯이 우리 삶도 함께 부대끼면서 둥글어지고 서로를 닮아가게 마련이다. 즉 서로 다른 개체들이 어울려 조화를 이루는 몽돌처럼 서로의 삶의 간극을 채워주면서 하나의 세상을 일구어가는 우리 삶을 의미하는 것이다. 그것을 유봉희는 아득하고 아련한 것으로 파악한 것이다. 우리 모두에게 그것만큼 아득하고 아련한 것이 또 어디에 있겠는가.

위 시에는 '몽돌'이라는 무생물을 통해 그점을 그려내고 있다. 다음 이어지는 시에서는 '해국'이라는 식물을 대상으로 그것을 드러내고 있다.

바다 절벽 한끝에 꽃이 되었습니다

홀로움의 무게는
발밑으로 떨어지지만
기다림의 무게는
포물선을 그리며 멀리 날아갑니다
그래서 해국이 피어있습니다

어젯밤 바다 바람 매몰차도
꽃잎에 내린 이슬
칠흑의 울음을
정갈한 한 방울로
끝내는 비단구름 씨앗으로
받아놓았습니다

한 번뿐인 눈 맞춤으로도
그대가 그곳에 있어서
또 하나의 길이 환해집니다

– 「해국이 핀다」 전문

　　아름다움은 '해국'처럼 절벽 위에 가까스로 피어 있는
것이다. 그만큼 아득하고 아련한 것이다. "바다 절벽 한끝
에 꽃이 되"어 핌으로써 그것은 더 아름답게 보이기 때문이
다. 그것은 또한 '홀로움'과 '기다림'을 품고 있다. 그 고
결한 모습과 자태를 통해 시인은 "한번뿐인 눈 맞춤으로
도" 길이 환해진다고 고백한다. 그 절대의 순수성과 아름
다움 그리고 생명의 가치를 간직하고 있는 시원의 모습을
시인은 아득하고 아련한 것이라 말하는 것이다.
　　유봉희 시인의 시집에서 우리가 눈여겨보아야 할 것은,
그리고 앞으로 유봉희 시인이 좀더 밀고 가도 좋을 것은 무

엇일까. 그것은 앞의 시 「거미와 금강산」에서도 언급했듯
이 시적 긴장감을 풀고 여유와 위트, 재치로 나아가는 것이
라 할 수 있다. 그것은 곧 삶에 대한 여유와 아이러니로 제
시할 수 있다. 그 한 예로 시인은 미국 문화 속에서 체험한
내용을 다음과 같이 형상화하고 있다.

그때 그 오라버니
겨우 한 모금 마신 위스키 병을
태평양에 통째로 쏟아붓던 그날

해 넘어가는 바다에 낚싯대를 던져 놓고
갯바위에 앉아 멀리 배 한 척 눈 흘기고 있을 때
갑자기 정복을 차려 입은 한 남자가
옆자리 위스키 병을 가리키더란다.
"벌금을 내겠어요, 아니면 바다에 쏟아 붓겠어요"*

아까워서 어찌 했을까 우리 육촌 오라버니
그래도 지나가던 물고기 한 마리
때맞추어 마신 위스키
우럭 한 마리, 묵직하게 낚싯대에 매어달리더란다

그 오라버니, 원투낚시 멀리 던지던 버릇으로
큰 바다 건너 여기까지 흘러왔을 터인데
지금도, 우럭 한 마리의 무게로 두 발을 딛고 있을까

* 도수 높은 주류를 바닷가에서 마시는 것은 위법.

– 「물고기가 마신 위스키」 부분

이 시는 한국 상황으로는 절대 이해가 되지 않는 문화의

한 단면을 제시하고 있다. 바닷가에서 낚시를 하며 곁에 두었던 위스키를 경찰이 보고 쏟아버리도록 종용하는 것은 문화의 차이로 한국에서는 적용 대상이 아니다. 술을 턱없이 좋아하던 육촌오빠의 해프닝이 이 시의 중심 내용이다. 그리고 그것은 이민의 삶에서 겪었던 문화적으로 색다른 경험일 것이다. 그래서 무엇보다 우리는 한 에피소드에서 발생하는 웃음을 느끼면 될 것이다. 그것은 이 시의 표면에 드러나 있는 의미이기 때문이다.

그런데 그 이면에 우리는 심층적 의미를 읽어내야 할 것이다. 그것은 시인이 겪어온 이민 생활의 어려움 속에서도 숱한 삶의 순간들을 떠올리게 한다. 물론 이 시의 내용처럼 재미로 받아들이고 넘어갈 것도 많이 있을 것이다. 그러나 차마 말하기 어려운 여러 가지 일도 있었을 것이다. 슬픔과 눈물을 동반했던 여러 사정도 있었을 것으로, 시인은 그것들 모두를 연민의 시선으로 감싸 안는 것이다. 육촌오빠가 문화적 차이로 경험한 일을 통해 이민의 삶에서 웃지 못할 많은 일들을 품어주려는 것이다.

또한 그의 시에서 앞으로 좀더 주력해 갈 방향으로 동심에 대한 관심도 지적할 수 있다. 그의 시적 가능성을 동심의 한 측면으로 짚어보는 것이다. 그것은 아이러니와 연계되어 있기도 하다. 그래서 이민의 삶의 고단함과 어려움을 치유해주는 기능으로 작용하는 것이다.

꽃삽을 들고
세 살짜리 아기가
엄마 따라 뒷마당으로

어제 밤비로 촉촉한 텃밭에
상추 고추 심고
파프리카 오이 모종도 심는다

아기가 흙 묻은 꽃삽을 들고
'엄마, 드럼스틱나무도 심자'
'아'
목에 걸려 나오지 못하는 대답

드럼스틱과 치킨의 관계를
어떻게 설명할까
저 맑고 빛나는 눈에
(엄마 노릇 하기 싫다)

* 드럼스틱(Drum Stick) : 닭다리

– 「드럼스틱」 전문

　이 시는 시인이 미국 생활에서 아이의 동심으로 인해 겪은 해프닝을 상황의 아이러니로 보여준다. 문화적 차이와 그 한계를 잘 설명할 수 없는 엄마의 고충이 재미있게 형상화되어 있다. 그러나 이 시는 엄마로서의 어려움만 읽어서는 안 된다. 무엇보다 아이의 천진난만함과 상상력에 공감하면서 입가에 미소를 지어야 할 것이다.
　또한 그의 시에서 동심의 세계를 쫓아가다 보면 색다른 지점에 닿기도 한다. 그러한 예로 다음의 시는 짧지만 암시하는 바가 크다.

　새끼 고양이가 둥근 벽시계 앞에 앉아 있다

초침 따라 쫓아가는 고양이의 눈
눈 마주칠 때마다 소리 지르며 도망가는 저것은
장난감인가 한번 먹어본 멸치인가
밖으로 도망도 못가고 한자리 뱅글거리는 저것을
잡아다가 주인께 자랑해야지
발톱까지 뽑고 앞발을 올려 초침을 잡으려다 힘만 빼고
의자 위에 털실타래로 낮잠에 잠혔다

                                        -「고양이」 전문

　이 시에 보이는 것처럼 시인은 고양이의 움직임을 방치
하지 않고 거기서 웃음을 이끌어내고 있다. 시인의 관찰력
은 고양이의 행동을 따라 움직이고 있다. 시인이 고양이의
입장이 되어 그 상황을 해석하려 한다. 시점의 변화가 이
시에 웃음을 유발하는 것이다. 고양이는 초침을 따라 움직
이다가 낮잠으로 빠지고 만다. 시인은 고양이의 천진난만
함과 귀여움을 눈여겨보는 것이다. 사물에 대한 애정과 관
심이야말로 시의 출발점이다. 그것이 바로 유봉희 시인이
말하고자 하는 것이다.
　이러한 점들은 앞으로 유봉희 시인이 좀더 깊이 천착해
밀고 갈 부분으로 제시해두고 싶다. 그것을 통해 우리 삶을
좀더 유연하게 해주고 새로운 시각으로 열어줄 것이기 때
문이다. 거기에서 문화의 색다른 경험을 이끌어내는 시의
성과를 얻을 수 있고, 그의 시도 더 깊이 열릴 수 있을 것으
로 확신한다.

　앞으로 유봉희 시인의 시와 함께 버클리의 문학이, 더 나
아가 미주의 우리 문학이 발전해 가리라 생각한다. 그래서

그동안 필자가 함께 했던 미주의 시간과 순간들은 영원히 지나가버리는 것이 아니라 믿는다. 그것은 모국어 안에 둥지를 틀고 그 안에서 새로운 모습으로 부화하여 새 희망을 안고 솟아오를 것이라고 확신한다. 유봉희 시인의 정제되고 압축된 언어와 단단한 상상력의 깊이가 한껏 유연해짐으로써 삶을 더 깊고 따뜻하게 그리고 웅숭깊게 품을 수 있기를 진심으로 기대한다.

샌프란시스코는 누구나 금방 금문교를 떠올릴 것이다. 그런데 나는 금문교를 만나러 갔다 와서 세 번 놀랐다. 우선 그곳에 가서 우리가 들었던 명성만큼 그것이 쉽게 다가오지 않아 놀랐다. 또한 그곳의 금문교 주변에 덮인 안개 때문에 그것을 좀체 자세히 볼 수 없어서 놀랐다. 기어이 여러 차례 금문교를 찾아가 이곳저곳을 살핀 뒤에야 전체적인 모습을 느낄 수 있는데, 더욱이 놀라운 건 그곳을 떠나와서다. 1년을 보내며 여러 번 그곳을 찾아가도 자주 덮여 있던 안개로 금문교의 온전한 모습을 보지 못했다. 그런데 돌아오면 그곳을 찾아가 보았던 많은 풍경들은 지워진 채 금문교만 홀로 우뚝 솟는 것이다. 더욱이 한국에 돌아와서는 모든 풍경들이 안개 속으로 사라져버리고 금문교만 어둠을 뚫고 솟아올라 보름달처럼 환히 떠올랐기 때문이다.

한참 지난 뒤에야 보이는 것들이 있다. 어쩌면 그것이 진실일지 모른다. 당장 눈앞에서는 감정에 치우치다가 지난 뒤에야 그 실체와 의미가 제대로 보이는 것들. 나에게 버클리에서의 시간들은 정말 그렇다.

김완하 | 시인, 한남대 교수

시와정신해외시인선 1

세상이 맨발로 지나간다

ⓒ유봉희, 2017

초판 1쇄 | 2017년 9월 21일

지 은 이 | 유봉희
펴 낸 곳 | **시와정신**
주   소 | (34445) 대전광역시 대덕구 대전로1019번길 28-7
                신창회관 2층
전   화 | (042) 320-7845
전   송 | 0507-713-7314
홈페이지 | www.siwajeongsin.com
전자우편 | siwajeongsin@hanmail.net
편   집 | 정우석 010_9613_1010
제   작 | 성은주 010_5209_2085
공 급 처 | (주)북센 (031) 955-6777

ISBN 979-11-959539-5-0   03810

값 8,000원